KB091940

그리운 것은 사랑이다

박남숙 시집

시음사
시사랑음악사랑

본문
시낭송
감상하기

QR 코드 스마트폰으로 QR 코드를 스캔하면
시낭송을 감상할 수 있습니다.

 제목 : 그리운 것은 사랑이다
시낭송 : 박남숙

 제목 : 그리움
시낭송 : 박영애

 제목 : 산사의 사월
시낭송 : 박남숙

 제목 : 당신이라는 이름 엄마
시낭송 : 박남숙

 제목 : 가끔은
시낭송 : 김지원

 제목 : 당신을 기다립니다
시낭송 : 박남숙

 제목 : 사랑꽃
시낭송 : 최명자

 제목 : 봄비 내리는 날에
시낭송 : 박영애

 제목 : 단선 레일
시낭송 : 전선희

 제목 : 중년의 노을
시낭송 : 김락호

 제목 : 가을 캔버스
시낭송 : 박영애

 제목 : 마음속 빗물
시낭송 : 조순자

 제목 : 강물처럼 걷는 하루
시낭송 : 박영애

 제목 : 사색하는 씨방
시낭송 : 박영애

 제목 : 인생 열차
시낭송 : 박영애

 제목 : 푸른 홍두깨
시낭송 : 박영애

 제목 : 시월이 녹아든다
시낭송 : 전선희

시인은 자연을 이야기하고 시낭송가는 자연을 품었다.
글자는 날개를 달아 언어로 날고 소리는 자연에 눕는다.

시인의 말

새벽이 아침을 불러오는 시간
바람의 숨결이 잠시 쉬어가라 하니
詩라는 물결 속에 마음 담그고
누군가에게 쉬어갈 수 있는 여유를
선물한다는 것 자체만으로도 행복입니다

매일 보는 창밖의 풍경이
어느 날은 낯설다는 생각이 들 때도 있듯이
가끔 내 나이가 어색하고
거울을 바라보는 거울 속 내가 왠지
내가 아니고 싶은 날도 있습니다

그럴 때면 나를 내려놓고
푸른 하늘 도화지에 시란 붓을 들어
곱게 화장하듯 색감을 버무려
시의 세계로 들어가 봅니다

형식을 따르고 싶지 않은 그런 날
자유의 날개로 높이 날아올라
또 하나의 그림을 그리듯
두레박으로 시를 건져 펼쳐봅니다

한 줄의 詩가
독자에게 스며들어 쉼이 되었으면 합니다.

시인 박남숙

♣ 목차

♣ 목차

♣ 목차

♣ 목차

공존한다는 것

땅거미 내려앉은 퇴근길
머리카락 끝에 달린 묵은 관절
달맞이꽃 시름을 머리에 이고
기다림의 눈빛으로 내게로 다가섭니다

검은 봉지 속에 담긴 찌그러진 하루
캔맥주 한 잔 목젖을 넘어갈 때
그 짜릿함에 복잡한 찌꺼기들을
조금씩 버리고 또다시 버려봅니다

주워야 하는 것과
묻어야 하는 것이
공존한다는 것
삶을 살아가는 심지가 아닐까

바람에 마음을 헹구고
다시 닻을 올려 푸른 바다를 항해하듯
길고 긴 여정 그 선상에 당신이 있기에
새벽보다 더 새로운 내일을 주워 담아봅니다.

나팔꽃

아주 가끔은
익숙한 길에 서 있어도
그 자리가 낯설게 느껴질 때가 있다

돌 틈 사이에 두꺼운 허물을 벗고
새싹을 밀어 올려 꽃이 피기까지의
그 목마름을 누가 알아줄까

설렘의 입술로 단아하게 피어올라
너의 심장 박동을 들을 수 있을 때
그때는 이미 해후의 꿈을 꾸고 있을 것이다

꽃잎에 사랑의 문신을 찍어 넣고
인연의 밭고랑에 우리라는 꽃이 피는 날
환하게 보랏빛으로 번져가고 있다.

사랑 편지

가끔은
사락사락 날아오는
꽃잎 엽서에 푸른 희망을
그대에게 전하고 싶은 날이 있다

가끔은
하얀 그리움 손아귀에 움켜쥔 거
눈 부신 햇살에 내어 널고
꽃잎처럼 가볍게 팔랑거리고 싶다

가끔은
책갈피에 숨겨둔 네 잎 클로버
내 마음의 꽃은 어디에 피었는지
천리향 가득한 삶의 희망을 불어넣는다

가끔은
제비꽃 찔레꽃 사랑 꽃 가꾸어가며
당신에게 꽃잎 엽서 곱게 쓰고
마음 꽃 활짝 피워 사랑을 노래하고 싶다.

중년이라는 것은

빈 들판 허수아비 바라보는
햇살 좋은 날
손가락 사이를 빠져나가는 바람인가?

사람과 사람 속에 묻혀
나를 발견하지 못하는 날이면
왠지 더 따뜻한 사람이 그리워진다

어쩌면 책갈피에 꽂힌 단풍잎 같은 삶
잡아야 하는지 놓아야 하는지
조금씩 알아가는 나이가 되었나!

괜스레 가슴이 먹먹해 오는 날에
뜨거운 찻잔처럼
따뜻한 말 한마디가 그리워진다

한 곳을 바라보면서도
외롭다는 생각이 드는 건
가슴에 파고들 여백이 있기 때문인가.

봄빛 사랑

봄이 물을 찾아 뿌리로 흙을 핥듯이
바람의 흐름처럼 서로 바라보며
같은 눈높이에서 사랑하는 것이더라

사람과 사람이 만나는 것은
나비가 꽃을 보는 것과 같고
애달픔을 그리움으로 수 놓는 것이더라

사랑은
서로의 가진 것 하나씩 내려놓으며
애틋한 몸짓으로 피어나더라

가끔은 다른 빛깔로 물들어가기도 하고
하늘거리는 나뭇잎처럼 속삭여 오기도 하고
서로의 가슴 갈피 끝에서 어루만지더라

다하지 못한 그리움으로 애틋함이 피어났던
너와 나의 핏빛 사랑이 하나가 되는 그날에
가슴 깊이 파고들어 부서지는 게 사랑이더라.

마음을 잇는 섶다리

맞바람 치는 자드락밭
애솔나무 그늘 아래
짬짬이 호밋자루 내려놓고
등걸에 걸쳐놓은 땀 밴 들옷
솔바람에 마를 무렵

마른 가지 하나 들고 적어보는
가갸거겨...
아야오요...
막대기 끝에 박힌 저녁놀이
입소리 따라 글이 되어 뒹군다

바람을 닫으니 닿소리요
바람을 열어주니 홀소리라
소리가 살갑게 어울리니 낱말이 되고
소리대로 적어내니 글이 되었다

예사소리 된소리
물과 나무가 어우러지듯
잎과 가지가 서로 한몸이 되듯
마음과 마음을 이어주는 섶다리

어둑한 밤하늘 돋을볕 솟고
서러웠던 날들 말끔히 씻겨지니
온누리 새날이 펼쳐지고
뿌리깊은 나무에 오보록하니 꽃이 피었다

13

그리운 것은 사랑이다

햇살 정겨운 창가에 앉아
손끝으로 전해지는 차 한 잔의 온기
그리움을 섞어서 목젖을 적십니다.

감나무가 울긋불긋해지면
더욱더 보고 싶은 당신
온 마당에 홍시가 익어갈 때쯤엔
눈시울을 붉히게 됩니다.

감말랭이 붉게 평상에 펼쳐 놓고
"애야 한번 뒤집어 주어라"
하시던 그리운 어머니가
늘 내 곁에서 속삭여 오는 듯합니다.

만날 수는 없지만 내 가슴 속에
늘 함께하시는 당신은
오늘은 두 분 가을 나들이 가셨는지

그리움이 달빛에 걸리는 이런 날은
보고 싶어집니다.

제목 : 그리운 것은 사랑이다
시낭송 : 박남숙
스마트폰으로 QR 코드를 스캔하면
시낭송을 감상할 수 있습니다.

고택의 여름

낡아진 기와 용마루 아래
세월을 짊어진 주춧돌이
무더운 여름을 받치고 섰다

일곱 해 동안 웅크리고 있던
껍질을 벗고 나온 매미가
고목 가지를 움켜쥐고
생을 마감할 짝을 찾는 연가는
나뭇잎새들을 흔들어 깨운다

더러더러 파인 마당 한쪽에서
고개를 들고 있는 질경이 흰 꽃은
임이 그리운지 비가 그리운지
빛바랜 얼굴로 마른침을 삼킨다

길고 긴 여름 한낮
그늘 짧은 처마 아래에서
비좁게 버티며 살아가는 무더운 일상이
쨍쨍한 하늘을 올려다 본다

저 멀리 흐르던 구름 한 조각이
용마루 끝을 스쳐지나 먼 산으로
떠나갈 즈음 선선한 바람 불어 줄
입추가 다가와 문을 두드려 주려나.

15

인연

인연이란
하얀 백사장에 숨은
빛나는 진주를 줍는 것과 같다

우연이든 필연이든
스치듯 만나게 되는 수많은 사람 중에서
가슴이 통하는 사람끼리
서로에게 스며드는 것이다

때로는
단비처럼 서로의 가슴을 촉촉이 적시고
때로는
햇살처럼 따뜻하게 서로를 감싸 안으며

함께한 시간을 소중히 닦아
네 가슴과 내 가슴속에
맑고 투명한 가을날의 하늘처럼
서로의 푸른 꿈을 곱게 그려가는 것이다.

내 마음의 굴뚝

어릴 적 고향에는
꽃샘바람에도 문풍지가
종일 펄럭이며 우는 방이 있었다

아랫목 온기를 비집고
이불을 덮으면
낮에 놀던 숲도 함께 누워
재잘대던 냇물이 흐르고
총총 징검돌마다 동무들의 얼굴이
헤살헤살 아지랑이 피어오른다

엄마의 한 평생이
반들반들 닳아진 마루에는
겨우내 얼었던 맷돌이
봄맞이 씻은 몸을 푸는 해걸음 녘

부엌 아궁이 부지깽이가
허기진 뱃속을 부지런히 뒤집는 동안
가마솥 밥이 솔솔 익어 가고
춘궁기를 견디던 굴뚝에서 솟는
솔방울 타는 연기 내음이 아련하다

오늘 왠지 그 시절
문풍지 우는 방 아랫목 이불속
고향의 향수와 엄마의 체취가
코끝에 저려 와 스산한 밤.

17

광대나물꽃

척박한 곳에 뿌리내리고
하얀 꽃가루 맞아가며
지켜온 꽃대가
애호랑나비 되어 앞마당에 피었다.

풀피리 소리 가뿐하게 감겨오는
처마 끝에 버선발 내딛는
광대의 몸놀림이 봄날이다.

파란 희망의 나래를 펼치는
진분홍의 치맛자락이
흥에 겨워 화르르 꽃 문을 연다.

한 겹 한 겹 겨우내 짜올린
화답이 솜구름 위의 솟아오른
바람으로 엮어 만든 그리움 같다.

18

치유의 詩

봄이 오면 풀잎에
꽃잎을 엮어 시를 짓고

여름이면 해변의
파도 소리에 날개를 달고

가을이 오면 낙엽으로
지워진 삶을 물 들이고

첫눈 내리면 그 설원에
설레는 사랑을 그려 보리라.

감자꽃

유월의 언덕배기에
하얀 망초꽃이 바람에 배시시
파랗게 씻긴 하늘을 베어 문다

비탈진 삶의 자갈밭에
뿌려진 감자꽃은
어머니의 쪽 찐 머리를 하고
방글방글 수줍은 듯 누워 있다

꽃잎에 녹아든 기억은
어느새 빗물 되어 향기를 훔치고
장독대를 씻긴
소나기가 되어 흐르고 있다

하얀 분가루 뿌려 놓은
그리움의 가슴 갈피마다
굽이굽이 숨겨둔 삶에
당신 애틋함이 곱게 피어 있다.

그리움

새벽을 태워
불씨를 살려낸 어머니의 아궁이
안방 아랫목이 사랑으로 데워지면
목화 이불 속 애틋함이 피어난다

흙 마당 바지랑대 높이 솟아
하얀 모시 저고리 햇살 속에 펄럭이고
숯 등이 올라앉은 화롯불엔
온정을 다리는 인두가 꽃을 피운다

놋수저 올려진 소반에는
찰랑찰랑 탁배기 한사발 더해지고
가슴으로 챙기시는 두 분의 미쁨
눈꽃 같은 아이들의 미소가 맑다

고대광실 아니어도
구겨진 아낙네의 앞치마는
서방님의 도포 자락에서 풀물 들인 그
꼿꼿함에 은혜 함을 수 놓아 간다

도포 자락 휘날리며 대문을 넘는
아버지를 바라보는 어머니 고운 미소
산허리 감싸 안은 조각구름 마냥
살랑살랑 행복이 날아든다

그 따뜻한 품이 그립다.

제목 : 그리움
시낭송 : 박영애

스마트폰으로 QR 코드를 스캔하면
시낭송을 감상할 수 있습니다.

21

사랑 노래

실바람에 살랑거리는 햇살은
잔잔한 호수 위에 꽃버선을 신고서
화려한 부채춤을 추고 있다

노란 저고리 맵시 나게 입은 개나리와
연분홍 치마 곱게 두른 진달래는
세상을 수놓은 한 폭의 수채화가 된다

이 산 저 산에는 꽃향기가 가득하고
이 골 저 골에는 사람 향기 가득해서
바람 따라 들려오는 노랫소리 정겹다

앞뜰에 널어놓은 하얀 홑이불이
깃털처럼 바람을 타고 하늘을 나를 때
한 쌍의 제비 처마 끝에 돌아와
지지배배 지지배배 사랑 노래 정겹다.

산사의 사월

먼 길 달려온 합장의 발걸음
꽃길 걷는 마음으로
묵은 마음 바람에 씻고 일주문을 들어선다

팔상전 끄트머리에서 울고 있는
태고의 숨결 풍경소리에
잠시 세속을 내려놓고 중생이 되어본다

연등의 속살이 햇살 꽃 피우고
기와 위의 여린 담쟁이
그대 마음인가. 내 마음인가
새싹은 가버린 시간을 윤회로 펼쳐 놓는다

연꽃 속에 숨 쉬는 광명의 빛
번뇌가 무성한 법당에 바람도 쉬어가고
별도 달도 낡은 문설주를 들어선다.

제목 : 산사의 사월
시낭송 : 박남숙
스마트폰으로 QR 코드를 스캔하면
시낭송을 감상할 수 있습니다.

당신이라는 이름 "엄마"

김장을 마치고 나뭇잎이
후드득 바람에 남은 것마저
떨어지고 나면 아랫목에 손을 넣으시며
하얀 두건을 벗으시던 당신이 생각나네요

창고 광주리에 홍시가 붉게 익어 있으니
그거 몇 개 가져오라시던 비녀 꼽은
모습이 오늘은 내 마음에 걸려 있습니다

살아계시면 아흔일곱 되실 어머니
"우리 막내 시집이나 보내겠나?" 하시던
그 목소리가 자꾸만 들려 오는 듯합니다

모녀가 스카프라도 사러 오시는 분들이
계시면 왠지 눈물부터 나는 것은
당신께 못다 한 孝 때문일까요
아니면 내가 당신을 많이 사랑해서일까요

일흔 하나에 하늘의 꽃이 되신
당신을 매일매일 그리워 한지도 벌써
이십육 년이 되어갑니다
오십 고개를 넘고도 지금도 당신이
그리워지는 것은 당신 새끼라서 일 것입니다.

제목 : 당신이라는 이름 엄마
시낭송 : 박남숙
스마트폰으로 QR 코드를 스캔하면
시낭송을 감상할 수 있습니다.

24

전등사

석양빛을 온몸으로 마신다

거부할 수 없는 입맞춤
중력을 한곳으로 스며들게 하는
목탁 소리가 꺼져가는 해를 품고 있다

고요한 산사의 풍경소리
차가운 겨울 그림자에
붓끝을 여기저기 흔들어 선을 만들고

합장의 기도가 언 땅을 녹이듯
설겅설겅한 땅바닥이 풀어지고
힘없이 어둠 속에 일렁이는 노을은
또 다른 색감으로 대웅전을 비추고 있다

마른 갈댓잎에 업혀있는
욕심을 부처님은 아시려나.

푸른 잎새를 기다리는
산사의 겨울은 어느새
기왓장 끝에서 봄의 빛을 끌어오고

민낯을 드러낸 어둠은
밀물 속으로 스며들고
삶의 꿈은 아라 뱃길 따라
그대와 나의 새로운 길이 열리고 있다.

강화 평화전망대

마른 잎새를 흔드는
바람을 이기지 못하고
차갑게 불어오는 삭풍 소리에
자유를 갈망하는 새들이 스쳐 간다

영혼을 흔들어 깨워 날아간 그곳에
강을 넘지 못하는
애달픈 임의 발걸음
강이 풀려야 오시려나 보다

휘영청 보름달이 떠 있어도
별빛만 볼 수 밖에 없는 봉인된 눈
오롯이 그대 향한 검은 눈동자
첫눈을 기다린다

눈 위에 내려놓은 마음
밟고 걷는 어둠 속을 헤매는
내 사랑을 어찌해야 하나
물결 속에 얼룩진 사랑
강가에 여울져 맴돌고 있다.

새벽을 열고 온 가을

사립문을 넘나들던 까만 밤이
꿈속에서 떠밀려 설익은
안개빛 새벽을 동행하고
순수의 미소로 햇살을 풀어 놓는다

까칠한 입속에서
뿌리 튼 어제의 상념들이
한잔의 커피잔에 녹아내리고
오늘이라는 하루를 건네준다

산책길에서 만나는 사람들의
무표정은 호반의 잔잔한 물결 위에
뭉게구름 한 마리 잠자리 되어
윤슬에 빛나는 가을이 깊어만 간다

조금씩 열리는 마음 문처럼
가을로 가는 길 어느 벤치에
앉아 있을 당신을 만나기 위해
붉은 홍엽 하나 가슴에 물들이고 있다.

숲으로 걸어간다

바람이 살랑이는 유월
향기 뿜어내며 아롱아롱 피는 날
숲들이 그려주는 여름을
만나려 달려 가본다

공간과 시간 사이
카메라에 비추어지는
설렘의 초점들이 내게로 오는 순간
본능적인 손가락의 운동이 빨라진다

멈춰진 찰나의 순간들
아름다운 기억으로 순간의 행복으로
삶을 살아가는 찬란한 순간
진실의 숲에서 풍경이 만들어진다

소박하지만, 순간순간을 추억하며
오는 세월 가는 세월을 서랍 속에 넣어두고
또 다른 찰나의 시간
내 마음에 황홀한 풍경을 담는다

추억 한 아름 가슴에 품고 살아갑니다

* 봉화 백두대간 수목원에서

가끔은

아무 생각 없이 떠도는
바람이 되어 걸어보고
푸른 하늘 구름 되어
맘껏 날아 보고 싶은 날이다

아침 햇살 비치는 창을 열어
재잘거리는 참새가 되어 보고
파도 위에 자유롭게 비상하는
갈매기도 되어보자.

마당을 적시는 한줄기
소나기 되어
살캉살캉 간지럼 타는
흙냄새를 온몸으로 적셔보자

인연의 끈에 묶인 사람끼리
세월이라는 그네에 걸터앉아,
지난 이야기 살아갈 사연들
귀담아 들어주는 시간을 내어보자

가끔은 묻혀둔 이야기
먼지 털듯 털어놓고
절친은 아니어도
마음이 통하는 친구라면
서로의 기둥이 되어 사람향기 품어보자.

제목 : 가끔은
시낭송 : 김지원

스마트폰으로 QR 코드를 스캔하면
시낭송을 감상할 수 있습니다.

29

춘정(春情)

강물에
벚꽃이
어려 흘러가니

강물이
꽃이 되고

꽃은
강물이 되어

하늘강
건너가던 봄이

그리운 임의 얼굴을
뒤돌아본다

봄은 다시
쪽배 구름을 타고
꽃잎 사이로 흘러서 간다.

내 마음의 꽃가람

마음의 숨결이 닿는 것은
하얀 모래알에 숨어든
빛나는 미리내를 만나는 것과 같습니다

많고 많은 사람 가운데 시나브로
가슴끼리 끈이 된다는 것은
서로에게 스며들어 다솜 꽃이 되는 것입니다

가끔은 달보드레하게 볼우물 피게 하여
가슴을 촉촉이 적셔 주고
햇볕처럼 따뜻하게 서로를 감싸 안는 것입니다

고빗사위 넘어 마음에 섶다리 놓아
맑고 빛나는 윤슬로 스며들어
서로의 꽃가람 되어 구순히 늙어 가는 것입니다.

《순우리말 풀이 》
* 꽃가람 : 꽃이 있는 강 * 미리내 : 은하수
* 시나브로 : 모르는 사이에 조금씩 * 다솜 : 사랑
* 달보드레 : 보드랍고 달콤하다. * 볼 우물 : 보조개.
* 고빗사위 : 중요한 고비 가운데서도 가장 아슬아슬한 순간
* 섶다리 : 섶나무를 엮어서 만들어 놓은 다리.
* 윤슬 : 달빛이나 햇빛이 비치어 반짝이는 잔물결.
* 가람 : 강의 옛말. * 꽃가람 : 꽃이 있는 강
* 구순하다 : 말썽 없이 의좋게 잘 지내다.

여름이 흔들린다

붉은 향기 그윽하게
임 그리움에 햇살 등에 꽂고
종달새 둥지 튼 돌담을 탐하는 능소화

마당 가득 풀어놓은
유월의 푸르름과 수국의 보랏빛은
가슴 깊이 숨은 당신이라 믿어본다

가난을 끌어안고 기왓장 넘어
장독대의 울부짖음을 알지 못했던
유년의 내 모습은 하늘에 뿌려놓은 백일홍 같다

에움길 돌아 배웅하는 바람결같이
흔들려 피는 뙤약볕의 망초꽃같이
나도 덩달아 꽃같이 피는 행복을 수 놓는다

아주 가끔은
한 떨기 코스모스처럼
흔들리며 피고 싶다.

아버지의 멍석

노을 지는 외양간
소가 여물을 달콤하게 어기적어기적
아버지는 사랑채 앉아
삶을 엮듯 짚 멍석을 짜신다

한 이틀쯤 후에는
뽀송뽀송한 새 멍석이
앞마당 감나무 밑에 깔리고
잘 삶은 옥수수, 감자들이
소쿠리에 도란도란 담긴다

큰 오빠 장가가는 잔칫날에도
어김없이 큰 마당엔 아버지의
멍석들이 먼지를 털고
음식상들이 나란히 차려진다

가을이면 콩이며 팥이며
벼며 모든 곡식이 마당에 누워
햇살을 이불 삼아 온몸을
내어놓고 토닥토닥 소리로 답한다.

추억의 앞마당을 거닐 때마다
아버지가 정성으로 짜신 멍석에 앉아
정겨움 있던 어린 시절을 생각한다.

창호지

가을걷이가 끝나갈 무렵이면
기와집 마당 한편에
옹기종기 모여 앉아
햇살 좋은 볕에 감을 말린다

소 죽 끓이는 가마솥에
뽀얀 눈처럼 맑은 풀을 끓여 두고
안방 건넌방 사랑방
문짝을 떼어다가 줄을 세운다

어머님의 분주한 손길을
기다리는 문짝들
입에 한 모금 물을 머금고
푸우 푸우 헌 옷을 벗는다

노란 은행잎 하나 붙이고
코스모스 꽃잎 하나 더하고
하나 둘 겨울을 맞이하는
꼬까옷 입은 창호지.

사람과 사람

성냥갑 같은 집에서
같은 듯 다른
삶을 살아가는
회색 사람들이 점점 많아져 간다

기둥과 기둥이 만나
사람인 자를 만들기까지
얼마나 많은 사람을 만나고
헤어지고 가슴에 묻었을까

하얀 외로움이
빛바랜 낡은 사진첩에서
숨 쉬는 것은
그리움의 시작이다

서로 기억하고 서로 보듬는
그런 아름다운 삶이 선물처럼
다가와 가슴을 내어 준다면
고단한 인생길 순풍에 돛 단 듯 날고 싶다.

청풍호에서

꽃잎들의 흐느낌이 서리었는가
하얀 안개에 휩싸인 강선대

그 옛적의
거문고 선율에 취한 듯, 그리운 듯
한 줄기 바람이 산자락을 더듬어
잔물결에 처연하게 눕고
단조의 가락에 물든 단풍잎들이
은비녀를 뽑아 쪽 찐 머리를 풀고
처연히 나부껴 윤슬에 떨어진다

장회나루를 떠난 배는
두 향의 애달픈 넋이
몇백 년 옥빛으로 저어갔을
그 뱃길로 지나가고
구담봉 옥순봉만이 물그림자 되어
붉은 절벽을 깎아지르고 일렁인다

길고 긴 세월은
무엇을 위해 멈춤 없이 흘러와
다시 백 년을 천년을
그렇게 기약 없이 또 흘러갈 것인가

나루터는 흐름에 걸터앉아
유람선이 닿고 떠나는 강물을 씻고
삶을 지탱할 숭고한 참 이유를
들여다본다.

당신을 기다립니다

너무 긴 시간을 오래
뙤약볕에 서 있습니다
나무 그늘이 없는 숲에
울부짖는 소리만 들립니다

허기로 채워진 삶의 길
언제쯤 돼야 편안하게
미소 지으며 해갈이 될까요

목마른 긴 목을 등에 지고
회색 덩어리가 빗방울 되어
후드득 소나기로 온다면
숲으로 달려가 오롯이 맞이하겠습니다

빛살 고운 날
푸르름이 더 짙게 덧칠할 때
당신의 미소가 나의 그늘이 되는 날
기다림의 끄트머리에 서 있겠습니다.

 제목 : 당신을 기다립니다
시낭송 : 박남숙
스마트폰으로 QR 코드를 스캔하면
시낭송을 감상할 수 있습니다.

낙화

한 번은 보았던 듯도 하다
황홀하게 자지러드는
몇 날 몇 밤
뜬눈으로 새운
열정의 시간을 접고
현기증으로 바람에 몸을 실은 너
가슴으로 받아 본다

기왓장 위에 오롯이
사랑 덩어리로 변신한 너

흙으로의 귀환
절망의 아득한 유혹
그대 심장으로 나의 심장이 붉게 물들어진다.

나무초리

하늘을 찌르는 삐죽한 우듬지에
참새 떼들이 포르르 날아들 때마다
잔가지들이 봄을 흔들어 깨운다

서리꽃 털어내고 감성을 풀어
언 가슴 녹이는 빗물은 어느새
촉촉한 땅속에서 꿈꾸는 잎새가 되어간다

사람과 사람 사이에서
삭막해진 삶의 언덕에
나무초리 하나 심어 그대라 불러본다

살갑고 정다운 목소리로
"당신 사랑해"라고 부르면
숲속의 메아리가 행복하다.

* 나무초리 : 나뭇가지의 가느다란 부분

사랑꽃

말초신경의 기억
더듬이 하나 꺼내어
묻어두었던 고요를 깨운다

세포마다 수줍게
숨 고르는 가녀린 햇살이
눈물빛 이슬을 비춘다

바람이 흔적을 지운
호반의 물결!
소리 없이 물오른 꽃눈을 밀어 올려
그리움을 키운다

흔들리지 않고 걷는 生이 있으랴
조금씩 흔들리는 잔물결 삭히며
당신과 삶을 풀어가는 인연 꽃을 피워 간다.

제목 : 사랑꽃
시낭송 : 최명자
스마트폰으로 QR 코드를 스캔하면
시낭송을 감상할 수 있습니다.

설연화

눈보라 맞아 시린 마음
잔설 아래 기억 속으로
한 줄기 햇살이 파고들어
아련한 추억을 가만히 깨운다

햇살은 어두운 깍지 안의
무딘 마음을 토닥여 깨우고
손가락 사이마다 엇갈린 운명
눈밭의 발자국 소리로 녹아든다

긴 세월 인연의 문을 열고 나와
가녀린 숨결 새근새근 거리며
치자색 물감을 풀어 놓은 듯
봄 처녀의 노란 저고리가 황홀하다

꽃다운 시절의 첫사랑
등대 불빛처럼 샛노랗게 꽃등 밝힌
그대의 마음 같은 봄빛 바다에서
봄 내음 좇아 너에게 슬며시 스민다.

봄비 내리는 날에

초록 숲 달콤한 풀 내음이
코끝을 간지럽힐 때
바람처럼 서걱거리는 기억이
지난 시간을 불러들인다

힘들었던 세월을 뒤로하고
아카시아 꽃향기가 코끝으로 스며들 때
그 향기 따라가신 어머니의 시간은
지금은 어디에 머무르고 계실까

촉촉이 내리는 빗방울 바라보며
그 옛날 당신의 품에 안겨
재잘거리던 순수한 아이가 되어
몰려오는 추억을 하나둘 들춰 봅니다

삼베 이불 다듬잇방망이로
꼿꼿하게 물풀 들여 당길 때
"막내가 있어 좋구나" 하시던
목소리가 빗물 되어 스며듭니다.

제목 : 봄비 내리는 날에
시낭송 : 박영애

스마트폰으로 QR 코드를 스캔하면
시낭송을 감상할 수 있습니다.

단선 레일

바람의 품속에 안겨보고 싶은 날에는
라이너 마리아 릴케의 가을날을 읽는다

가을을 앓는 벌레들은
한밤을 지새울 듯 찌르르르찌르르르 울고
문득 어디선가
애달픈 이름을 부르는 목소리가 환청처럼 들려
기차는 낡은 레일 위를 바쁘게 달려
그대의 심장이 서있는 간이역으로 간다

꿈틀거리는 언어들은
쉼 없이 그리움의 빈 잔 속에 불꽃으로 피어나고
어느새 취해버린 혈관은 돌고 도는 바퀴처럼
그대의 이름을 향해 박동질 한다

출렁이는 종이컵과 입맞춤에
한잔의 브라운 빛깔이 목젖을 타고 내려가고
또 하나의 기차는 추억의 간이역을 지나
지지 않는 별 하나의 추억을 향해 달려간다

제목 : 단선 레일
시낭송 : 전선희

스마트폰으로 QR 코드를 스캔하면
시낭송을 감상할 수 있습니다.

44

나 이대로 행복합니다

비 내린 그 자리에
곱게 단장한 개나리가
별이 되어 피어 있습니다.

보랏빛 목련도
"나도" "나도"라며
이슬 먹은 입술로 웃고 있습니다.

마음이 가난한 사람도
외로운 사람도
함께 꽃을 가슴에 피우는 봄입니다.

꽃피는 계절에 만났습니다
나 그대를 사랑합니다
나 이대로 행복합니다.

그대와 함께라면

오월 그 어느 날
바람도 시원한 언덕에 누워
곁에서 불어주는 피리소리 들었으면

아름드리나무 숲 속은
푸른 그대의 가슴
지친 마음을 돌려주는 바람개비

나뭇잎에 내리는 햇살이
아주 살며시 안겨 오는 상상은
꽃들의 속삭임 같은 살가운 여유

봄 여름 가을 겨울
청명한 바람이 뒹굴던 자리에
향기로운 숲길을 길게 내어
그대를 반겨주리라.

사랑비

소담하게
피는 자목련 봉오리에
사랑의 샘물이
또르르 또르르

화단의 수줍은 새색시
기다림의 닻을 달고
지난 상처들은
꽃비에 씻겨간다

꽃물에 체한
너의 눈물은
그리움으로 더 깊게
땅속 깊이 파고들고

봄은 그렇게
너에게 나에게
여전히 환하게 다가와
달 꽃으로 피어 있구나

첫 만남

맑은 하늘 햇살이 고와서
붉게 물들어가는 잎새 하나
꽃이 되고 싶은 날이다.

이 가을이 동행하는
코스모스 핀 들을 가로질러
그대 만나러 길을 나선다.

운명 같은 계절의 시간
첫 눈길에 마음을 송두리째 훔쳐간 바람
코스모스 꽃잎 위에 누웠다.

넓고 푸른 하늘
흰 조각구름 같은
맑고 고운 가을 깊은 사랑에
청초한 잎새 하나 물들어 간다.

중년의 노을

봄날을 꿈꾸던 장미는
담장을 넘지 못해
꽃잎을 떨구었고
한여름의 상사화는
열대야 지던 날 연정을 접었다

상념의 먼지가 찐득한 혼자만의 방
나잇살 찍어 바른 옷을 벗어 걸고
거울을 닦듯 화장을 지울 때
밤이 외로운 섬에 파도가 철썩인다

삶은 한 가닥의 밧줄을 구름에 걸고
아등바등 기어오르는 것
발아래 놓쳐버린 것의 보상은
몇 장의 사진과 몇 개의 시어 조각
나는 무엇으로 세상의 별이 되어야 하는가

지나온 생이 모두 헛된 것이 아니라면
가을 속으로 걸어가는 늙어진 목마는
오늘도 가슴 뭉클한 사랑을 꿈꾸며
다시 올 또 한 계절의 거울을 바라보고
떨어져 날리우는 잎새에 시를 적으며
더 이상 지우지 않을 화장을 하리라.

제목 : 중년의 노을
시낭송 : 김락호

스마트폰으로 QR 코드를 스캔하면
시낭송을 감상할 수 있습니다.

49

그녀의 이야기

살아간다는 것은
그리 쉬이 가는 것이 아니더라
가시밭길도 진흙탕 길도
숨 가쁘게 오르막길도 가야 하더라

어둠의 긴 터널을 지나고
일어날 힘조차 없을 것 같았던
그런 날도 있지만 조금만 걷다 보면
멀리 등댓불이 보이기도 하더라

험한 고갯길에서 만나지는
마음으로 미뻐하는 따뜻한 벗이 있고
하늘도 바람도 풀꽃도 있으니
세상은 아직 아름다운 것인가보다

한 치 앞을 모르는 우리네 삶
서로의 어깨를 토닥이며
허물없는 친구들과 동행할 수 있어
이 또 한 좋은 것이 아니던가.

오월이 오면

햇살 말 같게 흐르는 담장 밑에
반가운 얼굴 하나 해맑게 다가와
솔솔 부는 봄바람 같이 속삭여옵니다

열무 몇 단 배추 한 아름
광주리에 이고 오시는 어머니
푸른 마음 상큼한 오이도 몇 개
코끝에서 아련하게 피어납니다

묵은, 김치보다 당신이 좋아하는
열무김치 오이소박이 이맘때면
어머니 곁에 붙어 앉아 입맛 다시던 꼬마가
어느새 중년의 문고리에 손을 잡고 있습니다

너무나 정겹던 그 시절
이제는 내 마음속에 핀 한 송이 꽃처럼
내 곁을 맴도는 어머니 꽃
오월이 오면 더욱더 그대 품이 그립습니다.

달빛에 물들다

고향 집을 향한
그리움으로
둥근달을 한 잎 베어 물어본다

달빛처럼 순수하고
달보드레하게 부드러운 마음으로
질투나 욕심이 달 속에 물들어
더 빛나기를 보름달에 기도한다

넉넉함으로 서로에게 미소로
화답하는 둥근 한가위
고운 마음결로 은은하게
송편 빚어 건네는 한가위가 정겹다

회색의 하늘보다
내 푸른 마음에 먼저
고운 보름달을 걸어둡니다.

고향의 언덕

3월 꽃 같은
노을이 동구 밖 아름드리
느티나무 위에 걸려
그리운 고향을 노래하고

삽살개 춤추는 마당에는
그 옛날 갑순이와 갑돌이가
걸터앉아 속삭이던
호두나무가 새싹으로 미소 짓는다

기와집 돌담 옆에는
누런 메주 도란도란
햇볕 쬐며
항아리 속에서
행복의 소리가 톡톡

옆집 철수의 마음을
훔쳐가는 바람이
저기 산 능선에
토끼 닮은 구름 속으로

엉덩이 뒤뚱뒤뚱 걷는
외양간 황소 한 마리
냉이꽃 날름 따 먹으며
봄빛 사랑 한 장의 추억으로 남겨본다.

가을 그리고 추억

차가운 바람에 힘없이 떨어져
비 젖은 풀섶에 지친 몸을 누이는 너
그런 너를 바라보는 내 마음은
가슴 한구석에 꼭꼭 숨겨 놓았던
상처 난 추억을 떠올리는 고통이었다

너에게 맺혀있는 차가운 빗방울은
싸늘하게 식어버린 심장을 거슬러
촛점 잃은 눈동자에 맺힌 눈물이 되고
차마 입을 떼지 못하는 창백한 얼굴은
길 위를 스쳐 가던 차가운 바람 되었다

그러나 오늘은 나 너를 불러 세워
빗물이 젖고 눈물에 젖어 흐느끼는
나를 닮은 초라한 너 하나 주워들고
새벽보다 더 깊은 새벽이 올 때까지
너와 나의 가슴 갈피에 끼워 놓는다.

한 통의 편지

사랑은
잎새를 간질이는 가랑비처럼
여린 실핏줄을 타고
뇌를 통과하는 작은 떨림이었다

살포시 내려앉는
새벽녘 하얀 첫눈처럼
불현듯 날아온 한 통의 편지가
바람처럼 다가와 내 어깨에 손을 얹는다

세상 어디에 있던지
어떤 모습으로 있던지
변함없는 미소로 다가와
내 심장에 작은 떨림을 주는 사람이 있다.

가을 캔버스

꽃이 진 무채색 종이 위에
푸른 단색으로 여름을 스케치하고
단풍이라는 오색 물감으로
조금씩 덧칠을 하는 우리의 삶은
도화지 위에 그리는 수채화였습니다

어제라는 문을 통해
오늘이라는 현실과 마주하지만
잠시 숨 고를 여유도 없이
내일의 문을 열고 떠나야 하는 우리에게
조금은 버거운 것이 삶의 무게였습니다

뜨거웠던 그 여름
이글거리는 태양의 열기를 식히는
소슬바람과 화려한 원색의 물결은
한 폭의 가을 풍경이
맑은 샘물처럼 솟아오릅니다

가을로 접어드는 에움길
삶이라 불리는 낡은 캔버스에
희망이라는 붓 한 자루 들고
설렘 속으로 조심스레 한 걸음 내딛어 봅니다.

제목 : 가을 캔버스
시낭송 : 박영애
스마트폰으로 QR 코드를 스캔하면
시낭송을 감상할 수 있습니다.

흙이라서 선물이다

허물어지고 주저앉던 반죽이
조물조물 일어선다

천년 곰삭은 흙이
마르지 않은 몸을 내어준다

아이들의 상상이 반짝이는 대로
눈망울 속에 맺히는 대로 살점을 맡긴다

달곰하게 빚은 항아리는
청자 백자 동심이 반들반들 그려지고
신비로운 가마 속에서 꿈이 익어간다

한 점 흙이 소담스러운 그릇이 되어
아이들의 미소를 바라본다
아이들의 가는 손마디가 재잘댄다
흙으로 태어나서 오늘 보물이 되었다.

마음속 빗물

어이, 그리도 보고 싶었을까
길고 긴 어둠을 걸어
새벽부터 내게로 안기는 너를
어찌 외면할 수 있으랴

가슴 갈피마다
촉촉이 파고드는 너를
오늘은 깊이 느껴보련다.

어제의 시간은 다 잊고
진한 에스프레소 한 잔 들고
너만을 바라보며 쉬어가고 싶다

오롯이 내게로 흐르는 너를
짙은 잎새 되어 물먹은 목단꽃같이
말랑말랑해진 마음으로
그대와 함께 행복을 터치해보련다.

제목 : 마음속 빗물
시낭송 : 조순자

스마트폰으로 QR 코드를 스캔하면
시낭송을 감상할 수 있습니다.

화본역

서정적인 시골 풍경 속에
안겨 있는 듯 소박한 간이역에
낡은 레일 위로 달리는 기차 소리가 정겹다

골목 골목마다 한 폭의 수채화처럼
걸려있는 벽화는 화본 마을의
오래된 고인돌처럼 의미 있는 화석이다

정답게 맞이하는 역장님의 밝은 모습이
입술에 걸린 꽃처럼 붉게 물들어
급수탑을 품은 여유로운 시간을 선물한다

유니콘에 앉은 천사의 모습이
별이 되어 빛나는 증기기관차
레일 위를 달리는 희망의 소리
사랑의 향기 실어 나르고 있다.

살아진다는 것

자전거 뒷바퀴에 박힌
파편을 제거하면
주름진 얼굴이 다림질한 듯 될까

살아간다는 것은
유리 조각 빼듯이 뽑아내면
쉬이 갈 수 있는 것일까

가슴 갈피마다 박힌
고통의 조각들 다 토해내면
네가 베일까 봐 끌어안는 것이다.

숲에 걸어둔 하루

바람결에 묻어온 인연인 듯
따뜻함으로 다가서는 그녀
온 세상이 미소로 살랑거린다

그냥. 편안하게 바라볼 수 있고
가슴으로 느낄 수 있는 행복이
아마도 이런 것일 것이다

숲으로 걸어가는 한발 한발이
그녀들의 지나온 삶의 소중함이
깔려 있기에 오늘 이렇게 좋은 것 인가보다

산철쭉이 반겨주는 그 길에
그녀들의 지나온 삶이 누워
속삭여옴은 수국의 향기가 있어서 일 것이다

까슬까슬한 기억은 저 맑은 계곡물에 씻고
대웅전 앞마당에 그녀처럼
곱게 자리 잡은 치자꽃같이
활짝 핀 오늘의 설렘으로 잠시 미소 꽃 피워본다.

조금은 퇴색된 듯이

어느 날 문득 숨죽여
서러워 돌아누운 자리
눈물로 아득한 낭떠러지에 선 날

미명의 바람이 다녀간 듯
노숙하던 산기슭은
새벽의 그 스스럼 길에
나처럼 서 있을 그대를 봅니다

당신과 나
운명처럼 만나 떠돌던 자리
그 끄트머리에서 함께 할 수 있다는 것은
아직도 세속의 묻어둔 게 많아서 일 것입니다

노을 지는 들녘에 퇴색되어가는 열정
다시 첫발을 내딛는 봄꽃처럼
나 그대를 바라보면서 걸어갑니다.

마른 꽃잎

꽃잎이 땅의 이불이 되는 날
돌담은 세상 여유로움 다 가진 듯
그윽하게 세월의 흐름 앞에 이끼를 토해낸다

시간의 실핏줄이 바닥에 흩어지는 날
심장은 뼈를 찌르고 광합성을 일으키는 나이테
퇴색되어 꽃잎처럼 하나둘 빛으로 바래진다

나뭇잎에 달린 얼굴 하나
기억의 터널을 지나 푸른 숲으로 달려와
바람인 듯 세월인 듯 출렁이고 있다

호반의 물결치는 파동같이 퍼지는 세월
조각조각 이어붙인 퍼즐처럼
청사진으로 있을 것같이 살다가
바래지 않을 공간 속에 곱게 걸려 있고 싶다.

오늘 같은 날

골목길 들어서면 사립문이 먼저 달려온다

큰 오라버니 같은 호두나무가
흙 마당 모퉁이에서 나를 안아줄 듯
정다운 초록의 얼굴로 반겨줍니다

안방 건넛방을 사이좋게 얼싸안은 대청마루
홍두깨를 요리조리 쓰다듬으시면
조금씩 마법의 국수가 될 준비를 합니다

칼국수 써는 소리가 톡톡 떨어지면
사랑방에서 놀던 발걸음 마당을 뛰어
어머니께 국수 끄트머리 덥석 받아들고
장작불 꺼내시는 아버지의 손끝만 바라봅니다

바싹바싹하게 구운 그 고소함
무쇠솥에서 펄펄 끓여 한 국자 담아주던
구수한 정겨운 맛은 어디에서도
느낄 수 없는 어머니의 손맛이 아닐까

사랑의 국숫발 홍두깨로 곱게 밀어
비 내리는 오늘 같은 날
추억을 소환하여 그 따뜻한 곳으로 떠나봅니다.

강물처럼 걷는 하루

새벽을 딛고 걸어오는 발걸음
문고리에 햇살이 닿는 소리
빛으로 타오르는 하루가 그릇에 담긴다

아궁이를 달구는 장작의 춤사위
밥을 짓는 어머니의 손끝에
가마솥은 어느새 새하얀
사랑의 알갱이를 밥그릇에 옮겨 담는다

빛으로 와서 사립문 열리고
어머니의 마음이 다시 내게 와 내가
그 자리를 지키는 삶의 둥근 원형이
노을의 끝자락에서 펄럭이고 있다

또다시 어스름한 새벽길에 서게 될
불안과 희망이 솟아오르고
그리운 이의 가슴을 두드리며
삶의 흐름 속으로 몸을 맡겨 본다.

 제목 : 강물처럼 걷는 하루
시낭송 : 박영애
스마트폰으로 QR 코드를 스캔하면
시낭송을 감상할 수 있습니다.

꽃에 물들다

봄빛이 참새의 날개 속에서 날아올라
무지갯빛이 아지랑이 되듯
벚꽃잎과 같이 날아들었습니다

나뭇잎에 묻어나는 송홧가루처럼
조금씩 조금씩 손끝으로 묻어와
모세혈관을 타고 심장으로 파고들었습니다

옷깃에서 묻어나오는
삶의 숨결이 꽃이 되듯
길고 긴 시간의 흐름이 아니어도
마음 한 가닥에 사랑 꽃이 되었습니다

양귀비 꽃잎보다 더 열정적으로
피어날 우리의 소중한 사랑
단아하게 물들여가는 동행의 길 숲
서로의 등불이 되어 피어나고 싶습니다.

인연이라는 섬

당신이라는 넓은 바다가 있어
헤엄쳐 보기도 하고 모래도 만져보며
모래밭에 그림도 그리며 덧칠도 하였습니다

햇살 받은 모래밭은 금빛이었고
뜨거운 열정을 풀어 놓았으며
기쁨과 슬픔의 시간이 엇갈려 피어도
당신이 있어 힘들지 않았습니다

운명 같은 순수한 당신의 여정 속에는
햇살이 비늘을 삼키듯
더 높이 솟는 파도와 싸워야만 했고
잔잔한 바람이 불어오기도 했습니다

사랑은 오롯이 행복만 존재하지 않기에
잡을 것도 놓을 것도
바람에 빠져나가는 풍차 같은 삶
푸른 느티나무로 있을 당신을 안아봅니다.

왕벚꽃

따듯한 햇살에 졸고 있는
산 그늘에 분홍빛 겹잎은 아이와
요리조리 한참을 찰칵찰칵 봄을 탐한다

봄이면 가슴으로 날아드는
꼬깃꼬깃해진 분홍쪽지를 날리던
친구는 어디서 무엇을 할까

새침데기 같은 말투로
부루퉁한 짓궂던 아이는
어느새 반백 세월
봄이 날갯짓으로 와도 시큰둥하다

아파서 향기로운 꽃
그리움 몰려와 고픔으로 젖어 든다 해도
왕 꽃망울처럼
아파서 더 향기로운
당신 곁에 서 노닐고 있습니다.

사계의 오후

푸른 여명이 소리 없이
내려오는 봄을 토해내는 연두의 물결
포말로 달려오는 파도와 같다

미지의 세상
조금은 늦은 듯 멈칫멈칫
사랑의 날갯짓으로 떨고 있는 산들바람

설익은 설렘 진달래꽃으로 퍼져
온 산하를 다 품은 연둣빛 수채화
비발디의 봄이 이러했을까

손끝으로 전해오는
그대의 숨결이 모세혈관을 파고들어
순수의 색으로 녹슨 심장에 녹아든다.

사랑섬

우두커니 섬 하나
내 안에 머물렀던 그림자인 양
아름드리나무로서 있다

검정 고무신 신고 뛰어다니던
그 냇가에 있는 것과 같이
편안함으로 두 손 마주한 시간

찰랑거리는 바람결에 봄빛 들어와
속삭여 오는 그 흐름
긴 삶의 둘레를 지나 만난 인연
노송에 피어난 새싹 같은 설렘

봄의 꽃들이 자연에 순응하듯이
사월은 내 마음에 사랑섬 하나 그려
바라만 봐도 좋은 그림 한 점 스케치한다.

연화지의 사월

봄을 내민 숲 고목의
기억들이 물결 위에 누워
흐르며 가는 내 모습

새처럼 후드득 날갯짓하는 심장 소리에
꽃잎이 놀라 돌담 위에 내려앉아
비늘 꽃이 된 낙화한 사랑 뭉치

코끝에 스치는 봄 내음
푸석해진 설렘을
벌 나비 날아와 씨앗으로 버무린다

분홍빛 꽃잎을 꾹꾹 눌러 담은 사유
그대 마음 머무는 곳에
커피 한잔에 휘저어 보내는 여유로움이다.

길 위에서

괜찮다
아직은 바람이 나를 안아주고
깃털 구름이 와서 친구 해주니까.

괜찮다
봄이 와서 연둣빛 붓으로
수채화 그려 주고 꽃향기로 머무니까.

괜찮다
그대가 내 곁에 있다고
봄 향기가 정답게 말해주니까.

아직은 괜찮다
은은한 달빛도
달콤한 사랑의 종소리 울려 주니까.

봄의 묵상

갈밭에서 뒹굴던 콩을
내 마음 바구니에 담아두고
햇살 졸망졸망 들어와
발아래 누운 아지랑이를 깨운다

잔설에 남은 얼음 속에 얼굴 묻고
얌전히 잠자는 나이를 세고 있는 새싹들
햇살이 들어오는 방향으로
모세혈관을 뻗어 봄빛에 보석처럼 빛나고 있다

하나둘 검은 모자를 벗으려 발버둥 치고
깊게 팬 밭고랑의 물줄기는
우듬지 나뭇가지 봄 눈에 스며들어
한줄기 바람결에 설익은 그리움으로 떨고 있다

회색 하늘가에 숨 고르는 빗줄기
떨어지는 첫새벽 닭 우는 소리
그 깊은 삶의 골짜기에
푸른 새싹 하나 그대의 심장을 흔든다.

사랑

햇살이 문밖에서
누굴 기다렸는지
눈부시게 화려한 미소로 반긴다

오늘 같은 날
수줍은 미소 머금고
심장이 말하는 그대를 만나러 가고 싶다

손끝으로 전해오는 따뜻함이
내 어깨를 감싸 준다면
당신의 가슴 꽃이 되고 싶은 날이다

사랑은
커피 한 잔에도 행복이 묻어나니까.

사색하는 씨방

나직이 들꽃처럼 피어올라
바람 없는 강변을
헤매는 시간이 태엽을 감고 있다

앙상한 가지 위에 푸석한 눈으로
매달린 너는 이 겨울이 지나서야
보슬보슬한 보금자리를 깨고
잠에서 일어날 준비를 하려 한다

그 긴 공백의 초심을 채우려
더 바쁘게 흙으로의 귀환을 준비하고
바람이 불어오기만을 기다리겠지

낙화한 씨앗은 투명한 햇살을 등에 걸고
봄이라는 터널 속으로
태양과의 밀고 당기는
희망의 봄을 길어 올려 바람꽃을 피어 올린다.

제목 : 사색하는 씨방
시낭송 : 박영애

스마트폰으로 QR 코드를 스캔하면
시낭송을 감상할 수 있습니다.

봄을 줍다

겨우내 움츠렸던 나목에
바람이 살랑살랑 불어와
봉긋한 꽃대에 입김을 불어 넣는다

담장 끝에 놀던 햇살
개나리 꽃망울에 데굴데굴 굴러와
밝은 미소로 봄 노래 흥얼거린다

길고 긴 그리움의 언덕을 지나
모진 설움 뼛속으로 삭혀가며
눈부신 그대를 보러
봄바람에 나래를 핀 매화꽃

햇살 한 아름 안고
섬섬옥수 따스운
아지랑이 피어오르면
그대와 봉긋한 봄을 줍고 싶다.

자유의 숨결

겨울비 지나간 거리
따스함이 두려움을 보듬고
나목을 토닥여 손끝에
다정함을 느끼게 한다.

이슬 같은 빗방울
회색 도시를 지배하는 가로수 길
봄 내음으로
갈라진 영혼에 단맛을 밀어 넣는다.

숨어버린 햇살을 찾아 헤매는
마른 지층의 새싹이 돋아
당신이 걸어왔던 길을 열고
또다시 욕망의 태동을 느끼게 한다.

천년 고목으로 묵묵히 지켜온 세월
보석처럼 찬란한 빛을 발하는
봄 해산의 고통을 깨워
자유의 숨결로 흘러 간다.

삶이라는 숨결

꽃과 잎새들이
푸른 하늘빛으로 물들어 가는
아름다운 날에
인연의 꽃이 피어납니다

무심코 던지는 말 한마디에
감동을 하기도 하고
때로는 서운하여
천국과 지옥을 오가는
미운 그림을 그리기도 합니다

땀 냄새 풍겨와도 밉지 않은 사람
늦은 밤 "배고프다" 하면
라면을 끓여주며 함께 할 수 있는
잔잔한 사랑으로 물들입니다

말없이 순응하며
보듬어 줄 수 있는 넉넉함으로
남은 여정 친구같이 늘 한결같은 마음으로
같은 곳을 바라보며 걷는 이 길이 행복입니다.

인생 열차

진초록을 만들어가는
오월의 감나무 밑에는
어제와 오늘의 시간이
감꽃으로 공존하고 있다

멈출 수 없는 인생 열차
그 속에서 추억도 쌓고
아름다운 사람들과의 향기도 나누고
머문 듯 가는 세월 속에서 쉼을 찾는다

곰삭은 과거의 아픈 흔적을 지우려
누구보다 열심히 살아온 삶
이제는 한적한 커피숍에서
은은한 향기 음미하며 여유를 즐기고 싶다

채움보다 비움을 알아가는 나이
연초록 생명이 앙상한 가지를 품듯
말없이 안아주며
미소로 답하는 넉넉한 마음으로
삶의 여유를 가져본다.

제목 : 인생 열차
시낭송 : 박영애

스마트폰으로 QR 코드를 스캔하면
시낭송을 감상할 수 있습니다.

손목시계

하얀 민들레 필 때면
교복 입은 소녀의 추억 하나가
고향 집 앞뜰에 피어오른다

뽀얀 손목에 채워져 째깍거리던
서울 간 오라비가 보내준 손목시계
세상을 떠나기 전 마지막 길에
사랑하는 누이에게 전해준 입학 선물이었다

꿈길에서라도 보고 싶은 그 얼굴
딱 한 번이라도 보고 싶은 그 얼굴은
이제는 하늘의 별이 되어 반짝거리고
어느새 이슬이 되어 눈가에 맺힌다

그 무엇으로도 채워지지 않는
빈 손목만 물끄러미 내려다보며
짧아서 더 서러운 오라비의 시간은
째깍째깍 소리만 내고 있다.

임진강 어느 하구에서

붉은 윤슬로 흐르는 푸른 강줄기
수많은 애환을 깊은 곳에 숨긴 채
유유자적 쉼 없이 흘러만 간다

강물 속에 던져진 삶과
모퉁이에 묶여 있는 작은 돛단배
숨바꼭질하듯 바람처럼 일렁이고 있다

서걱대는 갈대숲에 우는
철 지난 철새는 어디로 발걸음 뒤야 하는지
방향감각을 잃어버린 채 허우적거린다

억겁의 세월이 퇴적물이 되고
눈물이 되어 푸른 강물에 몸을 씻고
퍼드덕 날개 펴는 기러기의 희망이 날고 있다.

가을에세이

아침에 나를 깨우는 것들
빛을 숨기고 어둠을 품고 오는
또 다른 하루라는 시간은
누구에게나 주는 선물의 시간이다

이 맑은 하루를 어떤 이는
희망의 날개를 펴고
또 어떤 이는 아픔의 아침을
맞이하고 또 그렇게 세월의 빨랫줄에
내어 널고 있다

휘리릭 지나가는 하루라는 그 이름
어떤 이에게는 가장 행복한 시간일 수도 있고
또 어떤 시인의 시간에서는
한 편의 글이 나오려고 꿈틀거리는
공간에서 숨을 쉬고 있을 것이다

그렇게 우리는 너와 내가 함께
소리내어 울고 웃고 손뼉 치고
또 다른 삶의 시간 속에서
인생이라는 항해를 하고 있나 봅니다

그렇게 또 다른 한달은
화려한 구절초 꽃 속으로
가을이라는 계절 속으로 한걸음 더
달리고 있나 봅니다.

커피같은 인연

아침햇살처럼
맑은 향기로 다가서는
그런 인연도 있고

어느 봄날에 연둣빛처럼
상큼함으로 다가서는
그런 인연도 있고

뜨거운 여름의 날씨처럼
열정적으로 만나지는
그런 속사포 같은 인연도 있다

붉은빛의 단풍처럼
다정하게 다가서는
그런 강물 같은 인연도 있고

하얀 나라의 설경처럼
차갑지만 따끈따끈한 커피처럼
향이 짙은 에스프레스같은 인연도 있다

푸른 하늘빛처럼 맑은 맘으로
다가서는 그런 인연을
만나고 싶은 겨울날의 이야기다.

동행한다는 것

서로에게 조금씩 기대려고 만나고
또 서로에게 마음이라 공간을
표현하면서 삶의 선상에서
이리도 가고 저리도 가고

그렇게 우리는
큰 둘레의 가족이라는
큰 그릇을 만들고
사랑하며 순간순간
작은 것에서 미소 짓고
행복함을 느끼고 살아가고 있습니다

아이들과의 소통
옆지기와의 도란도란
그리고 또 자매간의 깊은 사랑을 토대로
그 인생이라는 바다를 항해하면서 살아간다

소박함에 웃고
소소함에 행복의 몸짓을 나누고
그렇게 아주 사소한 것으로 인해
삶의 활력소가 오늘을 견디고
내일을 꿈꾸게 한다.

그대 그리운 날에

여름의 끝자락에
그대 그리운 비가 발끝에 다가선다

가슴에 고이 숨겨둔
그대의 그 따스함이 그리운 시간

가을비 내리는 창가에
그윽하게 코끝을 자극하는 커피처럼

아련함으로 다가서는 가을에게
어여쁜 마음으로 오시라 고하고 싶어진다

잔잔한 파도처럼 살포시 스미는
그대의 손길이 오늘은 더욱더 그리움의 언덕이기에

노오란 우산 받쳐 들고 한 걸음씩
또각또각 다가가고 있다고 전하옵니다

가을은 아주 조용히 내게로 그대에게로
하늬바람처럼 살포시 와 있나 보다.

그리운 어머니

아카시아 꽃향기
코끝을 스칠 때면 그대는
아주 살며시 내게로 오십니다

그 거칠던 손으로
우리 막내 시집갈 때까지
살아야 한다던 그대였습니다

동구 밖 느티나무 아래서
기다림을 하시던 그 모습
오늘은 기억으로만 가져 봅니다

남들은 선물이며 꽃이며
한 아름 들고서 어머님을
찾아 나서는데 저는 하늘만 바라봅니다

보고 싶은 우리 어머니
안아드리고 싶은데 어쩌죠
눈물이 시야를 가려와도 올 수 없는 임이시여~

사랑합니다

가슴이 멍들어도 사랑합니다

그대 그 품 안이 더 그리운 날에 품어봅니다

보고픈 당신을

그리며 한 소절 올리옵니다

당신의 막내딸.

살다 보면

우연히 만나지는
아주 자연스런 만남이 이루어지는
그런 편안한 사람이 내게는 있습니다

살다 보면 음악 한 곡으로도
소중한 시간을 같이했던
그런 사람이 있습니다

가까이하기엔 왠지 두렵고
그리워하기엔 가슴이 아파오고
누구에게도 말 못 하는 그리운 이가 있습니다

살다 보면 오늘 같은 날에
아무런 감정 없이 두 손 마주하고
자연에 기댄 채 편안하게 쉬고 싶은 날

비 오면 비 온다고 마주하고
바람 불면 바람 분다 소식 전하고
소소한 일상을 서로 공유하는 그런 사람
있었으면 합니다

친구같이 가슴에 그리움
가득 넣어줄 그런 사람 하나
만들어 질어지는 유월의 창가에
두고 싶은 그런 날입니다

상흔의 흔적들이 생겨도
마법처럼 치유되는 아름다운
사랑이 있기에 또 이렇게 삶의 하루를
마주합니다.

낡은 냄비

바람이 가져다준
연둣빛의 사랑
구름 속에서 내려다보는
겨울 그 뒤에 따라온 봄

누굴 만나려고
그 시린 열두 달의
끝에서 뒹굴다
이제야 왔을까

사랑의 더듬이 하나 믿고
몇 년 아니 이삼십 년을
뿌리내린
당신과 나의 보금자리

거친 바람 불어와
찢어지고 부서지고
삶의 부표는
그렇게 풍랑을 만나
흔들림의 신이 내렸다

남겨진 그 허허로움으로
추억을 이야기할 수 있을 때
그때는 나도
옹이 하나 심어 두고 추억하련가

삶의 빛바래 지면
낡은 냄비처럼 덕지덕지
골골마다 애환을 풀어놓겠지
고이 접어둔 날개 펴고
훨훨 날아보리라

벚꽃길에 서다

노을이
태양을 동행하고
가로수 벚꽃들이
도란도란 향기를 뿜어낸다

고운 봄바람에
꽃잎이 내게로 걸어올 때
나 그대 두 손 마주하고
하염없이 걷고 싶다

꽃잎이 사르르
얼굴 비비면
첫사랑 키스하듯이
달콤함으로 오래 행복해지고 싶다.

사월의 비

그대는 내게로
화사하게
미소로 화장 한 채로
살포시 날아오네요

꽃비 내리는 날
아련하게
떨어지는 당신을
애달프게 바라보는 가슴이
빗물 되어 흐릅니다

비 오는 날에
꽃잎 밟으며.

그 사람의 봄

설익은
봄은 온전히
겨울의 끝자락에
대롱대롱

바람을
동행한 열차가
어느 역에서
그 사람을 만나고

훌쩍 떠나
꽃잎처럼 날아서
노란 나비처럼
가벼이 날고 싶다

인연의 마음 밭에
꽃잎 날리는
거리를 사뿐사뿐 걸어
꽃가슴 되어 마주 보네.

감성의 붓

하나의 혼
분단된 산야
슬픔을 딛고 일어서는
너와 나
우리의 염원이 모여
희망의 닻을 올린다.

이런 날에는

가슴을 적시는
가을비가
단풍잎 사이로
촉촉하게 스며들고 있습니다

비에 젖은 걸음마다
배어나는 가슴 저린 그리움과
빨간 우체통에 숨겨둔
낙엽 속의 이름은
가을이 되어 오고 있습니다

깊은 시월이 나뭇가지 위에
붉은 등불로
조심스레 하나둘 내려앉았습니다

사랑도 비에 젖고
단풍도 비에 젖는 이런 날은
커피 한잔의 낭만을
나누고 싶은 그런 사람이 있습니다.

능소화

푸른 잎새 겹겹이 두르고
임을 향한 우아한 자태로
돌담에 그리움 하나 풀어두고 있다

기다림의 구부러진 허리
애틋하게 골목 어귀 바라보며
붉은 등불 밝히고 고개 내민 너를 만난다

도도함에 지나는 나그네
흘끔흘끔 꽃잎과 마주해도
품격을 잃지 않고 가슴만 애태운다

기다림의 각혈을 쏟아내고
선홍빛 가슴 갈피에
오롯이 그대만을 바라보는 한 떨기 꽃이랍니다.

바람의 언덕

꽃잎 향기 그윽한 꼬부랑 길 따라
산 능선을 넘고 넘어
두 팔 벌려 온 산하를 품어본다

추억으로 피어있는 코스모스
행복을 노랗게 물들인 해바라기
달곰한 산딸기가 하루를 버무린다

멀어진 그대의 손을 잡으려
따라간 길옆은 패랭이꽃이 먼저 와서
소박하게 자리 잡고 기다리고 있었다

낡은 우체통에 담긴 사연처럼
내 삶의 시간을 리필하여
다시 찐한 붉은 장미꽃이 되고 싶은 그런 날이다.

풀꽃들의 이야기

나도 꽃이 되고 싶어
넌 이미 꽃이야
나도 장미처럼 향기 나는
꽃이 되고 싶어
넌 장미보다 너 이쁜 소박함이 있어.

풍차가 있는 풍경

들꽃들이 빗물을 뿌려주듯
코스모스 꽃잎에 미소가 한 방울 두 방울
소리 없이 소록소록 내리는 날이다

푸른 물결이 바람의 언덕
그 벤치에 앉아 쉬어가는 소리
살랑살랑 손아귀 사이로 스며들어온다

노년의 해설사는 삼국유사의
한 장면을 끄집어내어
역사를 그려가듯 스케치를 해간다

감성이 춤추는 청춘이 된 듯이
비와 바람 음률을 타고
빗물 담은 하늘에 사랑꽃 꽂아둔다.

다시 원점

첫새벽의 설렘
첫발자국 소리의 경쾌함

처음은 누구나
어설프게 이리저리 꿰맨
바느질처럼 엉성해서 좋다

수많은 시행착오의 호미질
뜻밖의 실수투성이가 모여
그리움을 잉태하고 만삭이 된다

첫 삽은 힘차게 떠올려
망설임 없이 시작하는 것

나뭇잎에 바람이 스쳐 가듯
미루지 않고 사랑하는 것
자연에 순응하며 삶을 걷는 것이 좋다.

너의 기억 속에는

화려한 봄빛과 연두의 물결을
연화지 빛나는 윤슬로
머물게 한 사람이 당신이었습니다

오직 너였음 해하는 바라기가
되어가는 잎새가 되고
더 푸른 마음으로 당신 곁에 있겠습니다

너만 있어 주면 된다는
그 말 한마디가 자꾸만 가슴 갈피에
꽂혀 조금씩 퍼져오고 있습니다

사랑은 얼마나 큰 기쁨인지
얼마나 소중한 것인지 알기에
오래 마음 얹어두고 바라보고 싶습니다.

문경새재

유월의 주흘산 자락은
어딜 봐도 끌림이 묻어나는
초록의 저고리를 입고
바람으로 치맛자락을 짓고 있다

추억을 일시불로 계산을 한 듯
무엇인가에 이끌려 고운 흙길에
오롯이 맨발로 딛어보고 만져본다

주흘관을 들어서면 어린 소녀가
어딘가에서 뛰어와 사이다에 김밥을
가방에 매달고 소풍 같던 그 시절에 멈춘다

마당바위에 둘러앉아
노래 부르며 장기자랑 했던
그 시절의 소꿉친구들은
지금쯤 어디에서 누구의 엄마로 살고 있을까

영남 제일의 천년의 과거 길
삶을 수선할 여유란 보따리 들고
마음 따뜻한 온도로 여름 앞에 서 본다.

푸른 홍두깨

첫눈이 내려 녹아드는 개울물에
시린 손을 담그고
허리춤에 동여맨 엄니의 눈물은
내리치는 빨랫방망이에 얼어붙었습니다.

무명 앞치마 두르고 하얀 두건 걸친
당신의 손끝에서 춤추던
홍두깨 반죽을 보글보글 끓여 낸
칼국수 사랑이 그립습니다.

앞산 노을에 걸린 어머니의 청춘은
하얀 서릿발이 되었고
햇살 좋은 그 봄날에
삼배 적삼 입고 떠난
당신의 소풍 길은 멀기만 합니다.

흰 눈이 쌓인 텃밭 과수원
사과 나뭇가지 사이로
반죽하던 엄니!
빨래하던 엄니! 모습이 밀려와
내 가슴을 두드립니다.

제목 : 푸른 홍두깨
시낭송 : 박영애
스마트폰으로 QR 코드를 스캔하면
시낭송을 감상할 수 있습니다.

기억 저편에

메타세퀘이아 나무들이
울창하게 뻗은 짙은 녹음
꿈결처럼 신선한 그 길에 서면
바람이 지어 놓은 숲으로 걸어 들어선다

노랫가락처럼 들리는 참새 소리가
고향 어귀 아름드리
느티나무 잎은 피었는지
궁금증이 자꾸만 재잘거린다

친구들과 소꿉놀이하고 뛰어놀며
숨바꼭질할 때
나무 뒤에 숨어 놀라게 하면
깜짝 놀라서 까르르 웃던
그 시절이 중년이 된 지금도 웃게 한다

지천으로 널린 오디며 산딸기를 주전자에
듬뿍 따서 설탕 넣어 먹던 기억이
플라타너스 잎새에 겹겹이 매달려
주흘산 밑 아름드리나무 곁을 거닐고 싶다.

불면증

새벽을 딛고 산통을 겪는 태양
열꽃으로 달궈진 숨소리가
재빠르게 산기슭에 숨어든다

풍차의 기억이 돼버린
지난 세월 속의 뜨거웠던 순간
입을 열지 못한 채 하늘만 올려다본다

불면증에 걸린 꽃잎을
일으켜 세우며 대지는 한바탕
소나기와의 탈춤을 출 준비 한다

여린 꽃술로 빗방울 매단
비비추의 보랏빛 궁전은
신혼 방이라도 차렸나 보다.

열대야가 찾아오는 날이면
왠지 새벽을 기다리며 서성인다.

일상의 하루

내가 마음대로
할 수 있는 게 있고
할 수 없는 게 있습니다.

지금은
일상에서 건강을
지키는 것만이 삶을
윤택하게 하는 것입니다.

하루하루
살얼음판이지만
끝까지 잘 이겨내어
봄나들이 함께 합시다.

작은 악마 코로나

동그란 얼굴로 미소 짓고 있는
사람들의 마음에
깃털처럼 날아와 공포의 성을 쌓고 있다

유리보다 깨지기 쉬운
사람의 마음을
얼마나 시험에 들게 하는가.

하늘을 날아서 우리에게 온 우한 코로나
입을 막고 서로의 문을 닫아걸고
먼저 살려고 발버둥 치는 전쟁이 이와 같을까.

핸드폰은 신형이 최고인기인데
바이러스 신형은 인기는 바닥이네
서로 피하려 위험군이라 칭하고
아시아 황색 포비아라고 실눈을 뜨고 본다

다행히 우리는 의료강국이라
신종코로나 그놈은 밝아 죽일 수 있으니
얼마나 다행인 줄 모른다.

생명은 고귀한 것이기에
네 탓도 내 탓도 아니기에
함께 잘 이겨내서
모두 웃음꽃 피울 날 기다려 본다.

그리운 것은
언제나 ...

겨울 스케치

앙상한 가지들이 빗물에 씻겨
거울을 보듯 물 위에 떠 있는 내 모습을 본다

푸르름을 지운 회색 도시
호수를 깨우고 버드나무 나이테를 흔들고 있다

목마른 대지에 뿌려진 소한의 빗줄기
저 깊은 가슴속에 씨앗을 뿌린 듯
온 세상이 그리움으로 첨벙이고 있다

애증에 목마른 몸으로
툭툭 떨어지는 고뇌를 잊지 못해
퍼석한 연탄재에 화풀이하듯 정을 풀어놓는다

물빛에 스며드는 동그란 얼굴
노을빛이 숨어들듯 가슴 갈피마다
파고드는 유혹을 어찌해야 하나
비 그치면 내게로 올 사랑을 기다린다.

어느 노부부의 하루

가을과 이별이
서러워서일까
아침부터 내리는 비

휠체어를 탄 할머니를
밀고 매장으로 오시는 할아버지
참으로 정다운 모습이다

마음과 마음을 둘러맨
머플러 같은
할아버지의 눈빛이 사랑과 정으로
가득 채워져 있어 눈시울을 젖게 한다

이것저것 다 해도 싫다 하시던 할머니
할아버지의 말 한마디에
"그거 주세요"
· 하시며 따뜻함을 목에 걸고 멀어져 간다

서로에게 동행의 시간이
되어가는 모습
행복은 사소함에서 오고
사랑도 그렇게 익어가나 봅니다.

110

홍엽을 사랑했네

회색빛 고독이 조금씩 물들어
황홀할 것 같았던
푸른 풀꽃의 노래도 순간이더라

무성한 여름의 매미도 세월을
이기지 못한 채 숨어 버리고
그 속에 몸을 뉘는 당신과 나

점점 더 뜨거워지는 가을 산을 보며
붉게 타오르는 노을처럼
사랑을 노래하고 싶다

떨어지는 홍엽들이 사그락사그락
날아들면 가슴 갈피마다
곱게 접어 마지막 꽃등으로 타오르리라.

한 줌의 가을

길 위에 떨어져 누운 삶
낡은 선로 위의 많은 사연이
노를 잃은 낙엽 배를 타고
바람의 등에 꽃을 피우고 있습니다.

해 질 녘이면 여실히
드러나는 통증을 움켜쥐고
노을 진 강가를 거니는 눈썹달에
내 마음을 비쳐 봅니다.

비탈진 자드락 밭길을 걸어도
동행할 수 있는
따뜻한 마음을 품은 당신께
또 하나의 심장을 포개 봅니다.

한 줌의 행복을 만들고
그 행복으로 미소 짓게 하는
청사진을 펼칠 수 있다면 나는
조각배 닮은 상흔은 다 품을 수 있습니다.

시월이 녹아든다

가을 들녘 풀꽃이
바람이 퍼 나르는 방향으로
고개 숙인 채 공손히 인사를 청해옵니다

이른 새벽 호수가 피어오른 물안개
지난밤 다하지 못한 그리움을
토해 놓은 듯 홍엽으로 물들이고 있습니다

코스모스 필 무렵이면
서걱이는 갈대숲에
은빛 물결 출렁이는 언덕에 올라
갈바람과 팔짱을 끼고 추억 속에 젖어봅니다

가을 손을 흔들던 노을빛
숨어든 붉은 나뭇잎이
별빛이 되고 달빛이 되어
다붓다붓 귀뚜리 소리로 녹아듭니다.

제목 : 시월이 녹아든다
시낭송 : 전선희

스마트폰으로 QR 코드를 스캔하면
시낭송을 감상할 수 있습니다.

113

가을 에세이

아침 햇살이 삼킨 살결은
비단결같이 맑고 푸르다

열정의 여름이 오롯이 떠나가고
내게로 스며온 가을은
사랑스런 그대같이 향기롭다

때때로 바람이 가슴을 흔들어도
국화향길 뿌려오는 듯 달곰하다

나붓하게 퍼져오는 꽃길이 있어
고추잠자리 되어
그대의 심장을 살포시 터치해본다.

그대는 가을

첫사랑의 고운 마음처럼
붉게 피어오른 가을 코스모스는
어느 소녀의 아름다운
사랑 이야기 같아서 좋으리.

설렘으로 날개 달고
연분홍 드레스 곱게 차려입고
고운 꽃길에 두 손 마주 잡고 걸어보리라

가을 그 넓은 무대는
파란 하늘이 더 높기에
곱게 색동옷으로 갈아입는다

바람에 아니 흔들릴 누구 있으랴
실바람에 흔들리는 그대는
꽃신 신은 새색시 같아서 사랑스럽다

겹겹이 피어있는 붉은 입술
너에게 그리고 나에게 다가와
살며시 손 내밀고 미소 짓고 있다

옷고름처럼 붉은빛으로
상흔의 소리 접어두고
파란 하늘이 가을 시어들을 토해낸다.

성주 맥문동

촉촉이 내리는 비 따라
보랏빛이 영근 언덕으로
임 보러 가는 설렘으로 날아가 본다

천년을 지켜온 성 밖의
왕버들이 회색빛 우산을 쓰고
보랏빛 아씨를 온몸으로 감싸고 있다

초록에 보라 저고리 곱게 입고
열두 폭을 가슴에 두르고
빗속에 열애를 나누는 한 쌍의 매미

나풀나풀 잠자리 등에 업혀
그대를 보듯
보랏빛 궁전을 고고하게 거닐어 본다.

매실

토실토실 동그란 아가씨들이
햇살 받아 마시며
수다의 문을 열고 웃는 소리
까르르 들려오는 아침이다

사뿐사뿐 걸어 너를 아기 다루듯
노란 바가지에 담고
지하수 길러 뽀드득 목욕시켜
달콤한 설탕으로 잠을 재운다

합방한 아이들 뽀글뽀글한 세상에서
고함을 치며 맘껏 노닐며
소주 한잔 걸친 뒷집 아저씨처럼
코 골고 몇 밤을 자고 나면
늙은 할미처럼 빙긋이 웃는다

설탕을 맛있게 빨아 먹은 아이들은
어디로 가고 말간 매실청이
유리병에 가득 고여
채소와 고기의 화려한 고명으로
침샘을 자극하니
너를 어찌 외면할 수 있으랴.

빛으로 오소서

소리 없이 내리는 임의
등에 업혀
소풍 가듯 날아간 곳에
당신이 마음 데워
서 있어주길 바랬습니다

무채색의 거리
차디찬 회색 건물이
반겨주는 도시 그 속에
당신이 있었으면 했습니다

우산과 비 사이
카메라 렌즈 속을 들여다보듯
설렘으로 기다려 보지만
봄비만 하염없이 내렸습니다

화성 행궁을 걷고 또 걷고
아쉬움 접어 하얗게 흩어져
기왓장 끝에 대롱대롱
보고픈 그대 얼굴을 그렸습니다

앙상하게 녹슬어
프리즘조차 알 수 없는
무채색의 숨결
그리고 그리움.

그리움의 별

때로는 봄 햇살처럼
때로는 창가를 적시는 봄비처럼
촉촉한 외로움을 가슴에 걸어둔다

별꽃이 그린 하트처럼
달콤하게 포장된 그리움
손아귀에 싸두었다가
이따금 펼쳐 보기도 한다

낭만을 품었던 그때도 그랬고
클래식 음악을 낙엽 위에 새길 때도
가슴 갈피에 맺힌
시어들을 품었을 때도 그랬다

가득 채워진 커피잔을 볼 때마다
그리움의 허구를 하나둘 주워 담으며.

낮달

돌담에 내려앉은 살가운 햇살처럼
문설주를 들어서는 내 어린 시절은
흙 마당 바지랑대에 걸려 팔랑거리고

익숙하지 않은 민낯으로 다가서며
지극히 조금만 허락된 공간에서
짐짓 토라져 버린 노을빛은 낯설다.

조급함에 접히는 동살 맞은 낮달이
비쩍 마른 나목 가지에 배시시 걸려
선물처럼 따뜻한 가슴을 건네 오고

허약한 눈빛 사이에 감춰둔
어제를 지나 도착한 시간은
밀폐된 공간 속에서 빛날 흔미를 안나.

바람이 불어온다

들녘의 풍년 바람이
사라진 허허로운
그 들녘에 선 것처럼
그림자 속 그 얼굴을 잊을 수가 없다

몇 년의 세월이 흘러서
마음의 칼날이 무뎌져도
어느 날 문득문득 다가오는
분노의 그림자는 퇴색되지 않는다

뇌를 지우는 지우개가 있다면
지우고픈 고통의 시간
어느 만큼의 세월이 지나야
바람 속에 묻을 수 있을까

마음의 지옥은 잠시였음 한다
긴긴 세월 속에 배신의 늪을
빠져나오고 싶어 감정을 잃어버린
사람처럼 살고 싶어 바람처럼 살았다

이젠 추억이라 말할 수 있게
감정의 바람에게 평화의 문을 찾아
돌아온 문턱으로 한 걸음 두 걸음
작은 평화의 시간을 펼쳐 놓고 싶어라.

내 마음의 보석 같은 친구

어린 시절 그때부터
내 마음 열어 본 듯
보석 같은 사람 친구

눈빛으로 말해도
고통과 상흔들을
다 알아주기에 마음으로
기대고 싶은 향기로운 친구

비 오는 날이면 외로워할까 봐
한잔의 커피를 같이 마셔 주고
이런저런 이야기 하다 보면
어린아이처럼 맑은 미소를
품게 하는 마음이 넉넉한 친구

어느 순간엔 같은 단어로
동시에 말을 해 깜짝
놀라기도 하고
어떻게든 우울함을 다 내려놓게
하는 소중한 나의 친구

내 마음에 모든 상처를
쏟아 놓아도 들어주고 보듬어 주고
지친 삶에 늘 힘이 되는 친구
늘 따뜻한 커피 같은 친구가 있어 좋다.

인연은

사랑은

아주 미세하게 다가와

꽃잎처럼 피는 것입니다

사랑은

가을 낙엽처럼 살포시 날아와

마음 깊은 곳으로 흐르는 것입니다

행복의 정원

지금 걷고 있는 이 길에
꽃들과 새들이 동행할 수 있어
당신을 바라볼 수 있어 행복합니다

내일 걸어갈 길에
너울 파도가 밀려온다 해도 푸른 숲길에
당신의 소중한 사랑이 있어 행복합니다

생명의 고귀함을 알고
단 한 사람의 운명 같은 별이 될 수 있기에
오늘도 가슴 가득 행복의 꽃 피워갑니다

소중한 행복 정원에
꽃들과 나무들의 공연이 있기에
오늘도 당신의 품에서 어깨를 기져봅니다.

네가 있어 참 좋다

여백으로 남아 있을 호숫가
조각구름이 풀숲을 걸어 물 위에
또 다른 구름 속에 몸을 담근다

이글거리는 태양 앞에서도
정답게 두 손 살랑거리며
그늘을 찾는 나비처럼 마음을 포개어본다

세상 어디라도 갈 것처럼
편안함으로 속삭여 오던 당신은
오늘은 어디서 무엇을 하며
하루의 시간 속을 어떤 것으로 매듭을 지을까

서로의 생각이 헐거워지고 처질 때
그때 비로소 내 몸을 보듯
당신을 놓아드리고 싶은데
그때까지 당신이 내 곁에 있어 주길 바랍니다.

주암정

닻을 올려 달려갈 것만 같은
웅장한 너의 모습에
잠시 품에 안긴 듯 스며들어 봅니다

인연에 얽힌 매듭 수 놓아가며
능소화 억겁의 스침을 풀어놓고
꽃잎에 취한 듯 뱃머리에 사모의 정을 새깁니다

연못 속에 꿈틀대는 그대를 향한
애절함이 꽃으로 피어
은은한 향이 분홍 햇살에 피어
그대인 양 바라봅니다

강 따라서 갈 수 없는 정박한 마음
고개 떨고 능소회의 눈물인 듯
뭉게구름 내려와
떨어진 꽃잎에 애틋한 손길 머물게 합니다.

만남

우연히 마주한 인연의 길목
삶이라는 언덕에서
만나는 인생 숲에
느티나무로 서 있습니다

이상형이라고 자꾸만
나의 뇌를 침범하는
정다운 소리가 왠지 싫지 않음은 왜 일까요?

커피도 마셔보고 걸어도 보고
또 만나서 그 사람의 살아온 길을
더듬어도 보고 마주 보고 웃어도 봅니다

남인데 남이 아닌 듯
자꾸만 다가서는 당신
유월의 푸른 잎새처럼 늘 그 자리에
농행하기를 바래봅니다.

그리운 것은 사랑이다

박남숙 시집

2020년 7월 20일 초판 1쇄
2020년 7월 24일 발행
지 은 이 : 박남숙
펴 낸 이 : 김락호
디자인 편집 : 이은희
기 획 : 시사랑음악사랑
연 락 처 : 1899-1341
홈페이지 주소 : www.poemmusic.net
E-Mail : poemarts@hanmail.net

정가 : 10,000원
ISBN : 979-11-6284-220-1